초록 거미의 사랑

초록 거미의 사랑

강 은 교 시 집

창비

차 례

제3부 가야소리집

제4부

제1부

빗방울 셋이

빗방울 셋이 만나더니, 지나온 하늘 지나온 구름 덩이들을 생각하며 분개하더니,

분개하던 빗방울 셋 서로 몸에 힘을 주더니, 스르르 깨지더니,

참 크고 아름다운 빗방울 하나가 되었다.

초록 거미의 사랑

초록 거미 한 마리, 지나가는, 강가의 나를 뚫어지게 쳐다보고 있었어. 예쁜, 예쁜, 초록의 배, 허공에 엎드려…… 초록 거미 한 마리, 눈물 글썽이며 나를 뚫어지게 쳐다보고 있었어, 저 잠자리를 보아, 비단 흰 실로 뭉게 뭉게 감긴 저 잠자리 한 마리를 보아, 잠자리를 그만 죽여버렸네,

초록 거미 한 마리, 지나가는, 강가의 나를 뚫어지게 쳐다보고 있었어. 잠자리를 그렇게도 사랑했던 초록 거미 한 마리…… 예쁜, 예쁜, 초록의 배, 허공에 엎드려……

이제 합치리, 없는 날개로 저 거대한 하늘가, 또는 강물 속 어디.

'쇳대박물관'을 나와

혼자 걷고 있었어, 사방에서 벽들이 날고 있었어,

너를 기다렸지, 너는 오지 않았어, 철컥철컥 사방에서
소리가 났지, 너의 가슴에서도 철컥 또 너의 가슴에서도
철컥 도시엔 철컥거리는 소리가 마치 우레 소리 같았다
니까…… 도시는 철컥 박물관이었어. 낙엽처럼 뒹구는
자물쇠들, 구름 낀 하늘에서 떨어져 오는 자물쇠들,

혼자 걷고 있었어, 사방에서 벽들이 날고 있었어, 골목
길은 구불구불 허리를 구부리고 있었고
문들이 몸을 뒤틀고 있었어,

악몽의 냄새가 걸려 있는 빗장들, 조선조의 빗장들……
창백한 포스터들, 날아가고 있는 벽들, 파리한 창문들,

혼자 걷고 있었어, 추운 오후들이 몸을 비비고 있었어.
벽 사이에서 우리는 숨을 벽을 찾고 있었지. 모든 사람들

이 숨었던 곳, 그 자물쇠를 찾고 있었지. 세상에서 가장
든든한 자물쇠를 찾고 있었지,

    그런데, 누가 갇힌 걸까, 우리? 아니 쇳대?

어제 금강산 풀들에게 남겨놓고 온 내 징소리

어제 금강산 풀들에게
남겨놓고 온 내 징소리
지금 무얼 하고 있을까.
낯선 길 뱅뱅
돌고 있을까.
돌고 돌면서 메뚜기 뛰는
풀밭들을, 산들을 이리 뛰고 저리 뛰고 있을까.

이리 뛰고 저리 뛰다 지금쯤
평양 가는 길목 어느 풀숲에 이르렀을까.

어제 금강산 밑 신계사 절터에 날던
쌍잠자리
두 마리가 서로 업고 사랑하고 있었는데
사랑하다 헤어지는 걸 보았는데
지금쯤 어디서 서로 소식 전해보고 있을까.
방금 서울 하늘을 날아오른 저 잠자리
그중 한 잠자리인가.

어제 금강산 구룡포 올라가던 산길
돌부리에 넘어지며 내려오던 물소리
지금쯤 어디로 흘러가고 있을까.
벌써 동해바다로 다 가고 말았을까.

어제 금강산 돌들에게 남겨놓고 온 내 징소리
지금쯤 어느 돌들에게 이마 부딪고 피 철철 흘리고 있
을까.

  (아, 가엾은 내 징소리)

어제 신계사 부처님께 올린 내 절
부처님이 과연 받아보셨을까.

                    2005년 8월 14일
                    금강산에서 돌아온 다음날

정거장

나는 정거장, 팻말 하나 오두마니 서 있는 작은 정거장

정다운 기차 오늘 밤도 경적을 울리며 떠나는구나

서편 하늘엔, 때 묻은 별 하나, 아야아

그 마당의 나무에서 들리다

사방에서 문들이 쾅쾅 닫힌다 눈까풀들이 펄럭인다
온 하늘에 쨍그랑거리는 소리들
별과 별들 오늘 밤
서로의 살을 튕기는 소리

아야아

아무도 그대의 가슴녘까지 갈 수 없구나.

은빛 빗자루의 추억

어둠이 찐득찐득 벽 아래
누워 있던 그 복도,
청소 도구함에 꽂혀서 천장을 보고 있던 빗자루 하나
공중을 향하여 자랑스레 고개를 쳐들고 있던 은빛 빗
자루 하나

찢어진 먼지알 하나도 가슴에 깊이 품는 빗자루 하나
그 먼지알 종일토록
껴안고 핥아대는 빗자루 하나

빗자루 하나의 통통한 가슴이 허공에 빛난다

누가 자꾸 여는가, 그 문
모래투성이,
열어대는가,

오늘 참 눈부시게 빛나는, 빛나는 빗자루 하나

은하의 별처럼 빛나는, 빛나는 빗자루 하나

우리 모두 끌고 가는 은빛 빗자루 하나

도마 위, 저녁노을

생선 한 마리가 눈을 뜬다. 도마 위에서

생선 한 마리가 된 물고기 한 마리 부스스 팔을 뻗친다,
도마 위에서
생선 한 마리가 된 물고기 한 마리 지느러미를 펄럭인
다, 도마 위에서
생선 한 마리가 된 물고기 한 마리 심장을 끄집어낸다,
도마 위에서
생선 한 마리가 된 물고기 한 마리 거뭇해진 심장을 푸
른 강물에게 던진다.
수도꼭지에서 너털너털 흐르는 푸른 강물에게

저녁노을 비스듬히 눕는다, 창을 건너와 도마 위로
저녁노을의 분홍빛 눈까풀 방울방울 눈물이 맺힌다,
도마 위에서 일어나 식칼 옆으로.

목도리

목도리를 잃어버렸다
며칠을 눈에 밟혔다, 그러나 아마도……

그것은 지금 누구인가의 목을 한창 끌어안고 있을 것
이다

마치 내 목에 그랬던 것처럼.

진달래꽃 뺨

누가 오고 있네
진달래꽃 흘리며
누가 오고 있네
진달래꽃 허리에는 진달래꽃 비
진달래꽃 뺨에는 진달래꽃 구름바람
뚜벅뚜벅, 막무가내로
오네
첩첩산중
벽 속의 벽 두드려
진달래꽃 손톱으로
두드려

진달래꽃
씨방도 두드리고
진달래꽃
아기집도 두드리고
3월

주홍 허벅지도
두드려

누가 오고 있네
그 소리 이 동네에서도 들리고, 저 동네에서도 들려
이 돌 갈피에서도 들리고, 저 뼈 갈피에서도 들려

자꾸자꾸 들려

문들이 열리네
첩첩산중 꽃 속의 꽃
끊임없이 열리는
아,
너,
어여쁜 너.

백조 커피숍
L.J.N.에게

저 포도주스가 강물이라면
만약에
L.J.N.

조각배 저어 그대에게로 가리
바람은 알맞게 불고
돛폭은 지난밤 꿈처럼 부풀어
그러면 노를 잠깐 놓고 포도의 맛을 보리
L.J.N.

저 낡은 휘장이
허리가 묶여 늘어진 그대의 속눈썹이라면
만약에
L.J.N.

휘장을 걷고 그대여
잠시 그대의 눈빛 보여다오

언뜻언뜻 보이는 그대의 눈빛에 쓰다듬겨
나 다시 꿈꿔보리
L. J. N.

떨고 있는 저 흐린 유리창 밑
묵묵히 서 있는 '백조' 간판, 검은 명조체 글씨가
그대의 가슴뼈라면
만약에
L. J. N.

오늘처럼 출출히 비 내리는 날에도 그대 가슴뼈 밑에
비 맞으며 서 있으리
서
기다리기만 하리.
L. J. N.

그림자 스위치

내 이름은 그림자 스위치
스위치를 올리지 않아도 스르르 켜지는 그림자 스위치
스위치를 내리지 않아도 스르르 꺼지는 그림자 스위치

당신의 발소리에 늘 두 귀 바짝 세우고 있는 그림자 스
위치

어두운 복도 어디엔가
또는 빛 안 드는 현관 어디
고개 깊이 숙이고 서 있다가
당신이 다가오면 반가워
번쩍 빛이 되어 일어서다가도,
당신이 지나가면, 지나가기만 하면
맥없이 빛을 놓는다

아, 당신 앞에서
"내 스위치는 저기 있어요", 한번도 당당히 말해본 일

없는 그림자 스위치
　　있어도 그만, 없어도 그만
　　켜지 않아도 그만, 끄지 않아도 그만

　　그러나 당신에게 반짝거리는 신발 찾아 신게 하며
　　덜렁거리는 단추 쓰다듬게 하지
　　캄캄한 계단 환히 웃게 하지

　　오늘은 당신의 옷깃, 꼭 부여잡으리.
　　출렁이는 머리카락
　　꺼지지 않는 빛으로 씻어드리리.

제주산 은갈치

보았는가.
그 녀석이 은빛으로 빛나는 허리를 흔들며
거리를 오르내리는 것을 보았는가.
바람을 맞으며
너의 집
문을 쓰윽 열고 들어서는 것을 보았는가.

보았는가.
그것이 하하 웃으며 지느러미를 신호등처럼 흔드는 것
을 보았는가.
신호등이 바람에 흔들리듯이 그렇게 흔들리는 것을 보
았는가.

보았는가, 제주산 은갈치가 허리를 흔들며 거리의 파
도 속을 떠다니는 것을
하하, 웃으며 지느러미로 얼굴을 가리는 것을

모든 무의미의 의미를 위하여, 아야아.

구겨진 종이컵 하나

구겨진 종이컵 하나
먼지 속을 쪼르르 달려오더니
풀썩
거리 한구석에 반듯이 누운 그의 가슴 위에 쓰러져 헐
떡거린다, 눈을 감는다

하늘 한켠에선 부지런히 눈을 감는 새벽별들

그는 아직 꿈을 꾸는 모양인가

두 눈가에선 길을 적시는
눈물 한 줄기

안녕, 안녕, 안녕,

제2부

간장의 노래
이렇게도 써본

어느날 간장 한 병을 샀다. 유난히 검은 그 살빛,

검은 살빛의 그 에쎈스를 숟가락에 담는다, 미역국에
넣는다.

간이 맞을까?

눈 녹다 눈 녹다

세상엔 눈 녹는 소리 가득하다
녹지 않겠다고 야단, 야단, 사라지고 싶지 않아요, 고
함, 고함들
세상엔 눈 녹는 소리 가득하다
아야아

양파

　그를 우리는 양파—라고 불렀다, 그가 걸어오는 것을
보면 아주 동그랗게 잘 여문 양파 한 개가 굴러오는 것
같았다, 껍질을 벗기면 벗길수록 자꾸 속이 열리는 양파.
수많은 껍질을 가슴에 갖고 있는 양파,

　그가 걸어온다, 껍질 한 개가 걸어온다, 껍질 한 개가
울고 있는 포스터들을 지나, 아까부터 훌쩍거리고 있는
담벼락을 지나, 주저앉은 계단들을 지나,

　그가 걸어온다, 껍질 한 개가 걸어온다, 껍질 한 개가
비틀거리는 횡단보도를 지나, 게슴츠레 눈뜨고 있는 신
호등을 지나, 파르스름한 낯빛의 어둠을 지나,

　그가 자꾸 걸어온다, 껍질 한 개가, 껍질이 된 그의 심
장이, 껍질이 된 그의 피톨들이……으흐흐 냉장고 가슴
의 그가.

그 집 마당에 들어서면······ 쓰게 되는 편지

그 집 마당에 들어서면 두 마리의 개가 세상을 내다보고 앉아 있다.

나는 그저 한 풍경일까.

한 이름도 아니고 나는 한 직장도 아니고 나는 한 고등학교도 아니고 나는 한 대학교도 아니고 나는 한 도시도 아니고 나는 한 조국도 아니고 나는 한 여자도 아니고 나는······

개의 눈은 고동색이다. 아주 맑은 썰물색,
파도가 인다.
개들이 꼬리를 흔든다.
(작은 놈은 꼬리를 흔들까 말까 하다가 흔든다.)

저 고동빛 낡은 호수 같은 눈,
시간이 내려앉은 털들,
낡은 모자 같은 두 눈!

골목길

골목길 하나 울고 있다
'김가네 김밥' '적십자 헌혈의 집' '밀레니엄 컴퓨터 랜
드'…… 사이에서

떠도는 입맞춤들
떠도는 등불들
핼쑥해진 간판들

너는 '＊＊헤어팜' 앞에 나와 앉은 빨래처럼 펄럭펄럭
걷는다.
너는 푸른색 페인트로 쓴 '돼지 국밥 전문' 밑에 나와
앉은 창백한 빈 통처럼 걷는다.
너의 가슴은 도장처럼 붉게 파였다.

네 그림자가 문을 두드렸다
떠도는 등불들
떠도는 입맞춤들

핼쑥해진 간판들 사이로

골목길 하나
그림자 한아름 꽃다발처럼 가슴에 안고
똑똑 눈물 떨구고 있다
큰길 뒤에서

봄날의 끈

어느 봄날, 책을 묶던 끈이 말했네, 나만큼 묶어보았는가, 나만큼 설레며 세상 것들의 허리들을 묶어보았는가. 이 종이들뿐이 아니야, 푸른 파의 허리며, 무의 넓적한 다리며, …… 라면 상자의 그 누렇게 뜬 갈비뼈, 해태라고 쓴, 글자도 선명하던 과자 상자의 허약하던 뼈. 그대의 가슴을 덮던 이불…… 그대의 심장을 흔들던 모래도, 어느날은 꽃뿌리도, …… 동백 꽃뿌리도…… 나는 꿈꾸었지…… 그대를 묶을 날을…… 그대를 묶어 내 허리에 칭칭 감을 날을……

파도 묶고, 사과도 묶는, 동백 꽃뿌리도 묶는 푸른 끈…… 내가 그대에게, 시간에게 던지는 이 끈……

은대구 조림

너, 은대구
나와 만날 때는 늘 '조림'이 되어
간장이며 파, 다진 마늘 같은 것을 뒤집어쓰고 있는
너
말랑말랑해진 무 곁
온몸에 잔칼질한 채 누워
오늘 저녁도
황홀한 바닷속 꿈꾸고 있는 너.

금빛 콩나물

오늘 아침 내게 달려온 밥알들에게, 금빛 콩나물들에게
언제나 깃발 펄럭이고 있는 귀에게, 귀의 고막에게
나비들 가득 일어서는 목청, 불꽃 춤추는 혀

핏물들 폭포처럼 출렁이는 혈관들에게, 그 밑에 누워
서도 편안한 심장에게
향기로운 손금들에게, 뼈들에게
나의 뇌에게

너에게

감사,
감사.

차표 한 장

   바람이 그냥 지나가는 오후, 버스를 기다리고 있네, 여
자애들 셋이 호호호— 입을 가리며 웃고 지나가고, 헌
잠바를 입은 늙은 아저씨, 혼잡한 길을 정리하느라, 바삐
왔다갔다하는 오후, 차표 한 장 달랑 들고 서 있는 봄날
오후, 아직 버스는 오지 않네
   아직 기다리는 이도 오지 않고, 양털 구름도 오지 않
고, 긴 전율 오지 않고, 긴 눈물 오지 않고, 공기들의 탄식
소리만 가득 찬 길 위, 오지 않는 것투성이
   바람이 귀를 닫으며 그냥 지나가는 오후, 일찍 온 눈물
하나만 왔다갔다하는 오후
   존재도 오지 않고, 존재의 추억도 오지 않네
   차표 한 장 들여다보네, 종착역이 진한 글씨로 누워 있
는 차표 한 장.
   아, 모든 차표에는 종착역이 누워 있네.

겨울 햇볕

그림자들이 우수수 떨어져 내린다
세상은 그림자들의 이부자리

나비

길게 줄지어 마을버스를 기다리던 중 한 아이가 갑자기 앞으로 뛰어나갔다. 아이가 뛰어나간 곳은 울퉁불퉁한 흙더미. 아이의 얇은 발이 흙더미를 헤쳤다. 노란 바탕에 검은 점이 무수히 찍힌— 야아, 나비!—

나비는 햇빛 부숭부숭 걸터앉은 동네를 날기 시작했다.

구름같이 서 있는 벽들을 지나서
무수한 눈썹들 달려와 박힌 불투명의 창들을 지나서
비틀비틀 일어서 있는 단풍나무 그림자들을 지나서

떨어지는 것들이
서 있는 것들을 받치고 있는
가을,
또다시.

안녕, 여기는 무지개 마을

비가 내리네, 안녕,
여기는 무지개 마을
무지개 없는 무지개 마을
검은 연기들이 그르렁대며 오르는 하늘 밑
내리는 비 사이로
다리 하나 서 있네
그동안 못 보던 다리 하나
안개에 짓눌린 채 얼굴 심하게 찡그리고 서 있네
허리 밑에 있는 실개천
끄윽끄윽 흐느껴댄다
입가를 몹시 씰룩대고 있는 공기들은
녹슨 다리에다 이마를 문질러댄다, 중얼댄다

          희망은절망의속살절망은희망의속살

비가 내리네
비가 내리네

무지개 마을에 비가 내리네

안녕, 안녕, 안녕

여기는 무지개 마을 무지개 공단

오늘은 검은 하늘에 번개가 눈을 치뜨네

목청이야 목청

먼 데로부터 달려온 번개

제 몸을 쪼개네

소리 지르며 우레 한 줌 꺼내 드네

눈물 세 올 꺼내 드네

아야아,

아야아.

김가네 김밥

김가네 김밥이 골목 어귀에 앉아 있다
옆구리가 잘 이어져서 앉아 있다
번들번들 참기름으로 허리를 닦으며 앉아 있다

김밥 한 줄이 불빛 아래서 눈을 든다
김밥 한 줄이 불빛 아래서 팔을 벌린다
김밥 한 줄이 불빛 아래서 겨드랑이를 닦는다
김밥 한 줄이 불빛 아래서 날개를 펄럭인다

파리한 밥알들
가슴에 두른 김에게 속삭인다

어서 가, 어서 가
어서
어서

김밥 한 줄이 불빛 위로 날아간다

밥알들 펄럭이더니 빛나는 불빛이 된다

실눈 뜬 별 하나 온몸 어둠에 쓰다듬기우며
좌판으로 내려왔다

너를 사랑한다

그땐 몰랐다.
빈 의자는 누굴 기다리고 있는 것이라는 것을
의자의 이마가 저렇게 반들반들해진 것을 보게
의자의 다리가 저렇게 흠집 많아진 것을 보게
그땐 그걸 몰랐다
신발들이 저 길을 완성한다는 것을
저 신발의 속가슴을 보게
거무뎅뎅한 그림자 하나 이때껏 거기 쭈그리고 앉아
빛을 기다리고 있는 것을 보게
그땐 몰랐다
사과의 뺨이 저렇게 빨간 것은
바람의 허벅지를 만졌기 때문이라는 것을
꽃 속에 꽃이 있는 줄을 몰랐다
일몰의 새떼들, 일출의 목덜미를 핥고 있는 줄을
몰랐다.
꽃 밖에 꽃이 있는 줄 알았다
일출의 눈초리는 일몰의 눈초리를 흘기고 있는 줄 알

았다
　시계 속에 시간이 있는 줄 알았다
　희망 속에 희망이 있는 줄 알았다
　아, 그때는 그걸 몰랐다
　희망은 절망의 희망인 것을.
　절망의 방에서 나간 희망의 어깻살은
　한없이 통통하다는 것을.

　너를 사랑한다.

가난한 선풍기의 연서

내 가슴은 오늘도 들판처럼 열린다오.
L.J.N.

당신은 저 지평선 너머 서 있으니
내 그대에게 갈 방법은
내 가슴의 바람 전부 불러내어
어서어서 그 바람 위로 달려가보는 것뿐
당신의 그림자에 몸을 씻고
당신의 웃음소리에 고통의 옷을 빠는 것뿐.

그러나 바람보다 빨리 달려오는 눈물
새벽처럼 말없이 오는, 오고야 마는 슬픔

끝없이 잡아당기리, 당신의 심장의 대문을
이쪽에서 저쪽
저쪽에서 이쪽

오늘도 지평선은 끝없이 별들을 잡아당기는데

내 가슴은 들판처럼 열린다오
당신에게 가기 위해
내 가슴의 바람 전부 불러내어
세상에서 가장 반짝이는 나뭇잎 한 장
허공에 띄운다오.

도착하리, 당신이 서 있는 그곳
L. J. N.
지평선이 별들을 잡아당기는 그곳
하루 종일 가슴 열어 바람 불러낸 보람 있으리니.

어떤 유정란의 추억

 이 프라이팬을 보세요, 오들오들 떨며 나는 익어요, 버석버석 부서지면서 나는 익는다니까요, 이 노란 액즙, 이 하얀 수액, 여기 나의 아기가 들어 있어요, 여기 내 긴 길의 입이 들어 있어요,

 내 이름은 유정란이에요, 채식주의자 오양은 먹지 않는 유정란, 보통 계란보다 1000원이나 비싼 유정란, 한때는 냉장고에 있었죠, 며칠을 거기서 떨었었죠,

 이제 생기기 시작한 내 긴 길-입의 세포들, 이제 생기기 시작한 내 긴 길-입의 피톨들, 내 심장 안에 말없이 누워 있는 산소들, 날개들.
 (그런데 식용유 자꾸 나를 따라오네, 따라온 식용유 나를 껴안네 자꾸자꾸 싫다는데두)

 아, 우리는 모두 부서지고 나서야 익는 것인가, 식고 나서야 뜨거워지는 것인가.

송도의 불빛이
바리 慂歌 둘

송도의 불빛이 다대포의 소리를 업고 오네
송도의 바람이 다대포의 모래에 안겨 오네

모래불빛 앞에 서 있는 송도의 당신

송도의 불빛섬이 다대포의 소리깃
아야아,
핥으며 오네

제3부

가야 소리집

이건 김해에 있는 한 절의 기념품 가게에서

2천원에 사온 진달래 나뭇가지 연필이다,

울퉁불퉁한 잿빛 가지 위엔 군데군데

진달래 팔뚝을 자른 흔적들이 있으며

작은 나이테도 숨어 있다.

나이테 가운덴

예수 그리스도의 못자국 같은

연필심도 박혀 있다.

연필심 속에서

갑자기

누군가

내 팔을

끌어당긴다.

나는 거기 빠진다. 누구야? 누구?

나는 심연 속으로 빨려 들어간다,

가야에 비가 내린다
심연 속에서 들려오는 첫번째 노랫소리

비가 내린다
가야에 비가 내린다
가야의 속살이 젖는다

지평선을 향하여 비들이 걸어간다

비 하나 비 둘을 업고
걸어간다
또 비 하나 비 둘을 이고
달려간다

한 비는 걸리고
한 비는 업고
세 비가 무한 천공
키스하며 달려간다

톡톡톡. 허리도 흔들며

비가 내린다
가야에 비가 내린다
가야의 속살이 젖는다
한 비는 어깨를
또 한 비는 이마를

가야에 비가 내린다
어둠 속살이 되며
어둠 속살이 내린다

감
심연 속에서 들려오는 두번째 노랫소리

얽힌 길 풀어, 풀어 돌아왔네

　　　＿＿＿ 이 빛 받으시오
　　　＿＿＿ 이 빛 받으시오

그대 목소리 어디에선가 들려

　　　＿＿＿ 이 빛 받으시오
　　　＿＿＿ 이 빛 받으시오

따순 허공에 주홍빛 뺨 문지르는
기쁨의 속가슴
뒤

돌아왔네
얽힌 길 풀어, 풀어.

저 불빛
심연 속에서 들려오는 세번째 노랫소리

어이하리오, 내 사랑, 어이하리오

저 길이 발을 헛딛는구나
저 발이 길을 헛딛는구나.

어이하리오, 내 사랑, 어이하리오

별똥별
심연 속에서 들려오는 네번째 노랫소리

밤하늘에 긴 금이 갔다
너 때문이다

밤새도록 꿈꾸는

너 때문이다.

별의 어깨에 앉아
심연 속에서 들려오는 다섯번째 노랫소리

너에게로 간다
나, 어둠의 뼈에 누워

거리에는
나부끼는 피의 깃털들
심장길 굽이굽이
흩날리는 눈썹들

다정한 눈물들이 빗물처럼 유리창에 흐르는구나

보아라,
어디선가 다시 만나는
저 환한 골목들을

너에게로 간다
나, 별의 어깨에 앉아.

아직 태어나지 못한 아이의 편지 1
심연 속에서 들려오는 중얼거림 하나

"나는 흰 옥구슬이에요.—첫번째 흰 옥구슬, 세상에 태어나지도 못했지요. 세상에 태어나지도 못한 채로 왕의 왕관 위에, 왕비의 하얀 목에 올라앉았지요. 내 친구는 왕녀의 푸른 목걸이에 걸렸어요. 우리 모두 운이 나빠서 태어나지도 못했어요. 무덤에서 파낸 푸른 목걸이에 드문드문 걸려 있지요.

> 누가누가 버렸던고, 저 강물 앞에 버렸던고, 강물을 못 건너니
> 언제언제 올 것인가, 하늘길 천리길을 강물도 못 건너니,
> 내가 살던 곳은 따뜻한 바람 많이 불던 곳

아직 태어나지 못한 태아예요. 내가 지금 있는 곳은 九天, 나를 꺼내주세요. 아, 답답해요, 나를 꺼내주세요. 그림자들이 나를 막고 있어요. 길들이 나를 막고 있어요……
시간이 나를 막고 있어요, 바람이 나를 막고 있어요,

안개가 나를 막고 있어요, 진눈깨비가 나를 막고 있어요, 얼음이 나를 막고 있어요. (모든 지상의) 겨울이 나를 막고 있어요…… 번개가 나를 막고 있어요.

> 두번째 아기씨 오물조물 입을 벌리네
> 내가 살던 곳은 따뜻한 바람 많이 불던 곳
> 내가 살던 곳은 어둠이 풀잎처럼 흔들리던 곳

나의 어머니는 무덤이 되었어요. 왕은 보았지요, 나의 어머니의 배를 갈라서, 내가 두 손을 웅크리고 탯줄에 매달려 있는 모양을, 아, 내가 두 손을 웅크리고 탯줄에 매달려 있는 모양! 화공에게 그리게 했지요, 그것이 지금 이 구슬의 모습, 아 푸른 목걸이, 하얀 옥구슬…… 어두울수록 더욱 빛나는 하얀 옥구슬…… 나의 어머니는 아주 젊은 여자였지요, 무사의 칼 밑에 누웠지요, 무덤이되어. 누구인가는 잘 몰라요. 어떤 사내의 무덤이 되어.

세번째 아기씨 오물조물 입을 벌리네
내가 살던 곳은 어둠이 흔들흔들 팔을 흔들고
있던 곳

　나의 어머니의 자궁은 한없이 커지기 시작했어요. 가
야보다도 더 크게. 말〔馬〕보다도 더 빨리 달리며 그 속에
모든 시간들을 집어넣었어요. 그 아름답고 튼튼한 자궁,
가야가 전부 들어가는 자궁, 시간과 그림자와 무덤이, 저
물녘이 모두 들어가는 자궁."

아직 태어나지 못한 아이의 편지 2
심연 속에서 들려오는 중얼거림 둘

우리 엄마는 왕비가 못 됐지
우리 엄마는 종
물을 가져오라면 물을 가져오고
배를 내밀라면 배를 내밀던 종
꿈은 사라져
신데렐라의 금빛 마차처럼
꿈은 사라져
어둠 잎들의 꿈은 사라져

어둠 잎 피구슬 안은 채 무덤 속에 꼿꼿이 앉았던 우리
엄마
우리 엄마는 종
나는 어둠의 잎
우리 엄마의 배는 어둠의 배
물을 가져오라면 물을 가져오던 어둠의 배

어둠에서 어둠으로 달리며

바람에서 바람으로 달리며
꿈에서 꿈으로 달리며
모래에서 모래로 달리며
그래그래
시간에서 시간으로 달리며

바람은 꿈결 사이로 불고 불고
우리 님 어디 계시나 어디 계시나

이제 가고 싶어 이제 나가고 싶어
여기
어둠의 호수 안에서

우리 엄마는 왕비가 못 됐지
우리 엄마는 종
물을 가져오라면 물을 가져오고
배를 내밀라면 배를 내밀던 종

꿈은 사라져
신데렐라의 금빛 마차처럼
꿈은 사라져
어둠 잎들의 꿈은 사라져.

銅鏡
심연 속에서 들려오는 중얼거림 셋

아마도
무덤에서 무덤으로 달리고 있었을 거예요.

그 소녀를 기억해요.
얼굴이 동그랗던 그 소녀
무덤 속 장군님 몸 가에 허리를 숙이고 앉아 있던 그
소녀

·········그런데 어느 더운 여름날 오후, 한 소녀가 땅바
닥에 앉아 수를 놓고 있었습니다. 얼굴이 동그랗던 그 소
녀, 아마도 버스를 기다리고 있는 중이었을 거예요.
수틀 속에는 첨 보는 꽃잎, 그리고 새 한 마리,
한땀 한땀 소녀의 바늘길.
수틀 속의 새가 날갯짓하기 시작했어요 (버스는 아직
오질 않았어요) 새가 날기 시작했어요 (버스는 아직도 오
질 않았어요) 새가 은빛 구름을 향해 날개를 저었어요
(버스는 아직도······) 나도 주섬주섬 날개를 찾아 온몸을

헤쳤지요 (버스는 아직도……) 겨드랑이도 헤쳐보고 뒷
목도 헤쳐보고………
　구름들이 날개를 꺼냈어요, 자, 보아요, 태양에 슬쩍
긁힌 구름의 은빛 등들을………

　낙동강 하류역 양동리 427호 가야고분
　아마도 헝겊에 싸고 예쁜 상자에 넣어져
　死者의 손뼈 곁에 놓였을 동경 하나.

　아마도 소녀의 수틀이었을.
　(펄럭이는 저 소리, 들리지요?)

　무덤에서 무덤으로 날고〔飛〕 있을
　피 서너 점.

이런

노랫소리도

들려왔다.

봄비 또는 옹이의 여행 노래
심연 속에서 들려오는 여섯번째 노랫소리

나 지금 숨어 있네
사알사알 세상의 핏줄을 미끄러져 다니네
핏줄들에선 사르르륵 사르르륵 소리가 울리네

누굴까?
누구의 흐느낌일까?

　　　옹이가 흐느낀다
　　　옹이가 흐느낀다

　아마 머리 위로는 어둠 흙이 쏟아질 테지
　아마 머리 위로는 먹구름 흙이 쏟아질 테지

나 지금 숨어 있네
사알사알
세상의 뒷길로 미끄러져 다니네

어느 뒷길에선가 그 흐느낌 집어 들어
들여다보니

들여다보니

매화 한 잎, 제 가슴살을 찢고 있네……
흐느끼면서. 제 가슴살을……

아마 뼈 위로 어둠알이 쏟아질 테지……
아마 뼈 위로 먹구름알이 쏟아질 테지……

나 지금 숨어 있네
사알사알 세상의 핏줄을 미끄러져 다니네

숨어서 먹구름 밑 내다보네
김해시 가야 ××번지.

나는 늘
심연 속에서 들려오는 중얼거림 넷

나는 늘 추웠습니다
어머니도 이제 날 버렸으며
아버지도 일찍이 날 버렸습니다.
내가 버려지지 않았다고 느낀 것은
이미 내가 늙은 다음

문 앞엔 항상 어둠이 늘어놓여 있었습니다.
어머니의 어둠
아버지의 어둠
아무리 볕 바른 창 앞에 앉아 있어도
어머니는 내 어깨에
어둠을 목도리처럼 감아주었고
아버지는 내 이마에
어둠을 모자처럼 씌워주셨습니다

나는 어둠과 늘 놀아야 했습니다
어둠은 내 동무

어둠이 데리고 오는 그림자도 虛空도 내 동무

목도리를 씌워주고
모자를 씌워주고

단추를 채워주고
허리띠를 매주고

우리는 껴안았습니다.
뼈를 껴안았습니다
살을 껴안았습니다.
출렁이는 핏줄을 껴안았습니다.

바람소리와 함께
우우우우— 울어대는 조만江 바람소리와 함께

내가 버려지지 않았다고 느낀 것은

이미 내가 늙은 다음

어둠들에게 이 무덤의 빛은
얼마나 클까
이 무덤의 도시들, 그림자들에게.

심연

속에선

또 이런

풍경도

끌어올려져

비쳐졌다.

그 옛날
망산도에 서 있던 아홉 사내들의 풍경
심연에 비추는 풍경 하나

아마 거기 서 있었을 거야
모래 위에 엉덩이를 깔고
풀을 자근자근 씹으며
망산도엔 그날도 바람이 불고 있었을 거야

바람의 허리 밑에
모든 풀들은 말없이 엎드렸을 거야

가만가만,
풀들은 엎드리면서 눈물 떨구었을 거야.

풀들이 떨군 눈물은 섬 밑으로 내려가
개펄에 털썩 주저앉았을 거야.
그걸 보고 바다는 불쌍타고
해가 지면 밀물을 보내 섬을 끌어안았다가
해가 뜨면 썰물을 보내 섬을 놓아주었을 거야.

저기 배가 오고 있군
허황후의 배가 오고 있군
붉은 돛 날리며, 밀물이
한 나라를 들고 오는군.

왕에게 알려야지, 왕에게.

아홉 사내들과 그 무리들이 풀을 자근자근 씹으며 달
려간다.
허리엔 잔뜩 개펄을 둘렀다.

능연의 춤

심연에 비추는 풍경 둘

능연이 춤을 추네
덩— 덩—
가야금에 맞춰 춤을 추네

허리엔 녹슨 칼 한 자루
어깨엔 숨 가쁜 허공

능연이 귀 기울이며 춤을 추네
새벽이 가는 소리와
주홍 산나리 오는 소리
안개 살살 마을을 핥는 소리를 들으며 춤을 추네

비틀거리는 강물을 붙들고
물고기의 가슴을 붙들고
햇빛알, 바람알, 파도알
수평선 밝혀 들면서 춤을 추네

오, 능연
소년 능연
안개의 신발을 신었네
노을의 저고리를 입었네
구름마다 입 맞추는 능연
사라진 나라와 껴안는 능연의 붉은 뺨

數萬 나무들도 펄럭대고 있다
능연
數萬 길들도 펄럭대고 있다

강물 앞에 선 능연

심연에 비추는 풍경 셋

누가누가 버렸던고. 눈도 못 뜬 저 아기씨들
오막조막 한데 모여 모래탑 쌓고 있네
한 층 쌓아 지붕 만들고
두 층 쌓아 지붕 만드네
세 층 쌓아 지붕 만들면
저승사자 나타나네
저승사자 나타나면 와르르 와르르 발길질
무서워라 무서워 눈도 못 뜬 우리 아기씨
눈물 주르르 주르르
모래 속에 숨으려 하지만
그 눈물 아무도 씻어줄 리 없네
모래들도 일어설 줄 몰라
숨지도 못한 아기씨들 울며 울며
다시 모여드네 조막손 들고 다시 모여드네
한 층 쌓고 두 층 쌓고
한 층 쌓아 지붕 만들고
두 층 쌓아 지붕 만들고

세 층 쌓아 지붕 만들면

어디선가 나타나는 저승사자, 저승사자 발길질 오 발
길질

삼층탑 만들려면 아직 아직 멀었네

울고 울다 지쳐라 첫번째 아기씨

울고 울다 지쳐라 두번째 아기씨

울고 울다 지쳐라 세번째 아기씨

첫번째 아기씨 눈물 주르르 주르르

두번째 아기씨 눈물 주르르 주르르

세번째 아기씨 눈물 주르르 주르르

첫번째 아기씨 오물조물 입 벌리네

두번째 아기씨 오물조물 입 벌리네

세번째 아기씨 오물조물 입 벌리네

우리 엄마 우리 엄마 날 버린 우리 엄마

배 갈리고 시뻘겋게 배 갈리고

화공 앞에서 배 갈리고

나 생긴 모양 보여주려고 배 갈리고
탯줄에 매달린 내 모양 보고
화공들 그림 그렸다네
옥구슬 모양의 우리 우리, 우리 모양의 옥구슬 옥구슬
우리는 울었지, 옥구슬에 매달려 울었지, 소용없이
울었지
그 눈물이 저 눈물
그 눈물 흔들리는 소리가 저 새벽바람 흔들리는 소리
저 새벽바람에 푸른 옥구슬 흔들리는 소리

첫번째 아기씨 눈물 주르르르 주르르르
두번째 아기씨 눈물 주르르르 주르르르
세번째 아기씨 눈물 주르르르 주르르르

이말 저말 다하자면 이 밤이 새고 일년이 가도 다 못
한다.

능연이 모래밭에 선 건 그때, 망한 나라의 왕자 능연이
모래밭에 선 건 그때
춤 잘 추는 능연, 비단신 풀럭풀럭 날리며 모래밭에 선
건 그때
이 발에 걸리는 아기씨 눈물 주르르르르르
저 발에 걸리는 아기씨 눈물 주르르르르르

오 능연 능연 능연 우리를 구해주오
혼자만 건너가지 말고 우리 좀 구해주오
저승이는 신라 왕 왕관에 하늘거리는 옥구슬이
되었다네
이승이는 신라 왕비 하얀 목에 걸린 옥목걸이에
앉은 옥구슬이 되었다네
꿈꾼이는 가야국 왕 황금 왕관, 푸른 옥구슬이
되었지

능연 능연 오 춤 잘 추는 능연

모래밭을 걸을 수도 없네

능연이 강을 못 건넌다

능연이 춤을 추며 강을 못 건넌다.

비단신이 풀럭풀럭 비단 바지 풀썩풀썩

능연이 비단 옷고름 주황색 비단 옷고름

그게 자꾸 모래에 걸려

능연이 비단 옷고름 주황색 비단 옷고름

나뭇가지에 걸려 강가 나뭇가지에 걸려 걸려

능연이 비단신 풀럭풀럭

돌부리에 걸려

능연이 비단신은 초록색

자꾸 돌자갈이 잡아당기네

어쩌면 좋아, 어쩌면 좋아, 춤 잘 추는 능연, 자꾸자꾸
넘어지니 어쩌면 좋아

돌자갈도 말이 없고 긴 강물도 말이 없네

말없이 능연 무릎 잡아당겨 잡아당겨

오 능연 몸매 좋은 능연 총각

저 아기씨들 구하게 저 아기씨들 구해 강물 위로 건너
오게

　어디서 들려오는 목소리 하나
　아름다운 아름다운 목소리 하나 공처럼 둥글고 둥근
목소리 하나

　저승사자 그 목소리에 머뭇머뭇
　발길질하다 말고 머뭇머뭇
　저승사자 돌아서네 눈 부릅뜨고 돌아서네
　이윽고 능연 춤을 춘다 비단신 풀럭거리며 춤을 춘다
　모래밭에 넘어지지 않고 춤을 춘다
　한 손에 한 아기씨
　한 팔에 두 아기씨
　허리에는 세 아기씨
　등에는 네 아기씨
　비단신에는 다섯 아기씨

능연이 춤을 춘다 아기씨들 안고 춤을 춘다
한 손엔 또 한 아기씨
한 팔엔 또 두 아기씨
허리에는 또 세 아기씨
등에는 또 네 아기씨
비단신에는 또 다섯 아기씨

눈도 못 뜬 아기씨들 떠나간다
능연 총각 함께 함께 떠나간다

누가누가 버렸던고, 저 강 앞에 버렸던고 이제 저 강 건
너가면 언제 언제 올 것인가,
　강물길 천리길을
　구름길 만리길을

　구름길 만리길을
　하늘길 구만리길을

하직도 없이 떠나간다.

아름다운 소리 소리 들려온다, 강 넘어서 들려온다
그 소리 해를 뜨게 하는 소리
그 소리 풀잎 일어서게 하는 소리
그 소리 모래 일어서게 하는 소리
그 소리 모든 꿈 나아가게 하는 소리

세상에 아름다운 그 소리
모든 아기씨들 번쩍 눈뜨는 그 소리
산처럼 높고 강물처럼 긴 그 소리
소리 소리 들려온다

낙동강
심연에 비추는 풍경 넷

강물은 원래 눈물이야. 깊고 깊은 눈물이야.
거기 살도 빠져 있고, 피도 빠져 있고,
그래서 강물엔 원래 피고름이 흐르는데 아무도 그걸
모르지.

다대포 바닷가 모래밭엔
매일 피고름이 흘러
흘러흘러 넘쳐
새떼들이 들고 오는 파도와 산(山) 조각들
한데 맞춰 들고 들여다봐

아, 들여다봐
네 눈물이 있다가
출렁출렁 있다가
저녁해에 얹혀, 또는
아침 분홍 구름에
얹혀

일어서는 것을

넓고 넓은 낙동강 강물로 일어서는 것을.

구지봉

심연에 비추는 풍경 다섯

구지봉에 갔다 왔어, 김해시 구산동, 한 다 마른 노인
이 왕릉 속을 굽어보며 앉아 봄볕을 쬐고 있었지, 없는
바람을 따라 올라갔어, 없는 길을 따라 올라갔어, 참, 야
트막한 언덕이던데!? 거기서 그 옛날에 아홉 사내가 소리
를 지르고 있었다니! 너무 좁잖아!

거북아 거북아 고개를 내어라, 그렇지 않으면 구워서
먹으리.

언덕 꼭대기에선 없는 소리가 없는 길을 껴안고 있었
지, 아, 길도 없는 구지봉, 없는 길이 없는 소리를 껴안고
있다니……! 소리가 길의 가슴을 핥고 있다니……!

……구지봉에 가봐, 수만 갈래 길들이 칡넝쿨처럼 실
핏줄처럼 얽혀 있는 곳, 아프다, 아, 아파, 피 뚝뚝 흘리고
있는 곳.

우륵
심연에 비추는 풍경 여섯

    나는 그때 전시실의 한켠에서 뛰어오는 소리 하나를 만났습니다.
    십현금
    하얀 손가락이 핏방울을 튕기며 따라왔습니다.

    노을들이 앞서거니 뒤서거니 강물을 건너 뒤따라왔습니다.
    노을을 따라 헐레벌떡 별 몇도 뒤따라왔습니다.
    그 노을에 걸터앉아
    한 첨 듣는 목소리가 속삭였습니다.

    오늘 태어났던 사람……
    오늘 죽은 사람……
    1881년 12월 4일 차이꼽스끼 바이올린 협주곡 초연

    하얀 손가락이 어둠의 어깨를 마구 잡아당기고 있었습니다.
    전시실 한켠.

섬의 발
심연에 비추는 풍경 일곱

참, 발이 시리겠다,
저 섬은.
가야 때부터 있었다는
저 섬은.

꼼짝 않고 바닷물에 두 발을 담그고 서 있는
저 섬은.

길어지는 눈
심연에 비추는 풍경 여덟

그리로 간다, 파도에 엎디어
저 수평선 한가운데서 무릎 꺾고 얼싸안는
五千 사내, 五千 계집, 깊어지는 눈물들을
五千 빗물, 五千 산 길어지는 눈들을
아야아

풀잎과 내가
심연에 비추는 풍경 아홉

풀잎에 앉아 있는 저 새소리……

그 귓바퀴, 참 넓기도 하다, 그 귓바퀴, 참 길기도 하다, 그 귓바퀴, 참 깊기도 하다, 그 허리 , 참 가늘기도 하다, 그 어깨, 참 가녀리기도 하다, 그 이마, 참 반짝이기도 하지……

풀잎과 내가 손을 잡는다, 풀잎의 손바닥에 축축한 땀이 배어오른다, 옆에서 헐떡이는 땅……

풀잎 귓바퀴 속을 들여다보다 그 땀 가에 걸터앉는다, 풀잎의 이마를 만져보는데 옆에 새소리가 따라와, 앉았다. 못 보던 씨앗도 하나 흐르는 땀 닦으며 걸터앉았다, 그 옆에는 또다른 새소리가…… 풀잎이 쓰윽쓰윽 이마의 흐르는 땀을 씻는다, 우리는 길을 떠난다, 씨앗이 길을 안내하고 우리 모두 뒤따르기로,

그러자……

　우리를 실은 그 풀, 날개가 돋았는지 날기 시작했다. 고령으로부터, 가야로, 함안으로, 구덕산으로 , 그러다 급기야는 내가 살고 있는 곳으로, 부산 서대신동 ×가 ××-×번지.

제4부

굿시 · 문 열어라, 온갖 차별이여

열어주소 열어주소
이 말문 열어주소
동해용왕님 워어이 워어이
남해용왕님 워어이 워어이
서해용왕님 북해용왕님
동방산신님 서방산신님
내 말문 쓰다듬으소서
내 말문 출렁이소서
저 파도 반짝반짝
햇살로 동여매었으니
저 길도 칭칭 칭칭
바람 앉혀 닦아놓았으니
남녀 차별 노소 차별
권력 차별 강자 약자 차별
지식 차별 학벌 차별
재산 차별 빈부 차별
직업 차별 노사 차별

지역 차별 서울 지방 차별

세상 가득 하늘 가득한

이 차별의 문 열어주소

쓰다듬으소서

출렁출렁이소서

어둠 들씌운 자에게는 햇빛 내려주시고

주머니 털털 빈 자에게는 찰랑찰랑 은전 내려주시고

걷지도 못하는 자, 숨쉬기도 어려운 자

홀쩍홀쩍 걷게, 홀쩍홀쩍 숨쉬게 하소서

워어이 워어이

아— 예, 아— 예

남녀 차별 문 열었으니

이 세상에 남녀 없으면 만사 헛일

손잡으며 사랑하지 않으면 말짱 헛일

남녀 두 사람은 잘생긴 그릇

생명 앉은 생명 그릇

그다음엔 권력 차별 문 열었으니

강자 약자 어깨 쓰다듬으니

어딜 갔나, 세상 만드는 이 힘들

더불어야 일어서는 법

강자만 있어도 안돼,

약자만 있으면 물론 안돼

지식 차별, 학벌 차별 문도 열었으니

초등학교만 나왔다고 주먹질

중등학교만 나왔다고 발길질

검정고시만 했다고 각목질

지방대학 나왔다고 눈흘김

다 일어서 싸움질이네

호남권이라고 수도권이라고 영남권이라고

별 쓰러진 골목마다 패싸움질, 북 둥둥 울려라, 빠르게
더 빠르게

그다음엔 재산 차별 문 열었으니

이 문 정말 크네

어떤 문엔 대리석 처발랐네

수입품 귀신 달려나오네
명품 귀신 달려나오네
어둠속에 쌓여 있던 귀신들 잡신들
북 둥둥 울려라, 빠르게 더 빠르게
문 열어라,
대리석 바른 문도 열고
진흙 바른 문도 열고
온갖 차별 문도 열고, 열고……
넘어질 듯 넘어질 듯
에헤— 에헤—
또 넘어지네, 또 일어서네
어둠속에 쌓여 있던 귀신들 잡신들
검은 구름들 검은 바람들 잿빛 안개들
어루만지네 저 햇빛 어허 어허
어루만지네 저 파도 어허 어허
바람 위에 바람
바람 아래 바람

저기 저 멀리 내던지네

권력 차별

빈부 차별

지식 차별

지역 차별······

이제 됐네, 됐어 됐어

우리네 말문 열고

철갑 두른 저 문도 여는 '인권' 하느님

새시 눈썹 찡그리고 선 저 벽 함께 일어서며 고함치네

워어이 워어이—

—『인권』 2002년

헌화가
첫째 소리

이제 오시는가
삼천 하늘 삼천
구름 넘어
그대 원래 꽃이었던 이여
죽은 그대와 산 나 사이
울음의 거품 풀어놓으며
이제 저 바람과 함께 오시는가

여기 해운대 백사장
모래들, 거품 물고 누워 있는 곳
에헤야 에헤야
그대 없는 피 던지는 소리
아, 그대 없는 살 던지는 소리
아, 그대 던지는 고름 한겹 두겹에
몸살치며 파도 죄 일어서고 있는데
일어서 삼천 하늘 삼천 구름에
제 가슴 쥐어뜯어 흩날리고 있는데

그대 원래 꽃이었던 이여
이제 보시오 삼천리의 남은 이 안개의 씨들 보시오
남은 눈물들 가랑잎들
눈 못 뜨는 진흙더미들 바람벽들
보시오 펄럭펄럭 때없이 펄럭이는 것, 보시오
길이 길 위에 얽히는 것, 보시오
갈 곳 없는 길이 갈 곳 없는 길을 향하여
일어서니 부질없이 일어서니

그대 원래 꽃이었던 이여
길 위의 바람은 길 아래로
길 아래 바람은 길 위로
놓으소서 이제 놓으소서
산 그대와 죽는 나 사이
꽃길 놓으소서, 에헤야
무지개길 놓으소서

에헤야 에헤야

밤에는 별길 놓으시고

낮에는 빛길 놓으소서

죽은 그대와 산 나 사이

에헤야 에헤야

산 그대와 죽는 나 사이

— 정신대 원혼들을 위한 해원 상생굿

1994년 5월 해운대 백사장에서

헌화가
둘째 소리

이리로 오시오 넋들이시여
산그림자들 저희끼리 쓰다듬고 있는 저 산맥을 지나서
한 물결이 두 물결에 안겨 있는 저 모래밭을 지나서

물의 옷을 지나서
바람의 싸움을 지나서

시끄러운 길들은 조용하게 하시오
풀썩풀썩 얽힌 그림자 길들 풀어지게 하시오

아, 이렇게 많은 당신
그림자 부스러기로
끼니를 때우는
당신의 밭

당신 목소리 어디에선가 들려
돌아보니 아직 잠 못 깬

안개의 잿빛 손가락
허공을 가리키는구나

이곳은 갈수록 메마른 곳
여름 바람 자꾸 일어서는 곳
돌아보니 허연 달
푸른 저녁에 긴 입술 문지르고 있는데

이리로 오시오 넋들이시여
이리로 오시오 넋들이시여

두 어둠이 한 어둠에 안겨 있는 산맥을 지나서
두 물결이 한 물결에 안겨 있는 모래밭을 지나서

당신 목소리에
얽힌 저 길들 풀어지게 하시오
넋들이시여, 넋들이시여

그리하여

허공 휘휘 젓는 기쁨
휘휘 달리는 기쁨
예서 만나시기를
아, 만나시기를

— 정신대 원혼들을 위한 해원 상생굿
1995년 5월 해운대 백사장에서

뒤돌아보며, 뒤돌아보며 가는 저 새에게
고 김선일 씨를 추모하는 굿시

뒤돌아보며, 뒤돌아보며 가는 저 새
없는 날개, 지는 해의 눈빛에 계속 흔드는 저 새
아직도 지지 않는 희망, 피처럼 닦으며
흘깃흘깃 옆눈질로 날아가는 저 새

동굴처럼 외로웠구나, 너는
저기 버려진 낡은 지갑처럼 외로웠구나, 너는
언제나 닫힌 채로 있는 창문처럼 외로웠구나, 너는

열어주소 열어주소
이 말문 열어주소
동해용왕님 워어이
남해용왕님 워어이 워어이
서해용왕님 워어이 워어이 워어이
북해용왕님 워어이 워어이 워어이 워어이

안개에 매달린 저 새를 보아라.

날개도 없이
허공으로 가는 저 새를 보아라.
저 새의 날개 뒤에서
소복소복 모여 앉아 흐르는 너의 피, 나의 피를
보아라

어둠을 향하여
어둠이 걸어가는 소리 들린다
한 어둠이 두 어둠을 업고
세 어둠이 모든 어둠이 되어 걸어가는 소리
들린다
이 땅에 가득한 어둠들, 머리 푹 숙이고
구름의 가슴께로 걸어가는 소리
들린다

오, 김선일
'나는 살고 싶다'고 외치던 그 쉰 목소리

열어주소 열어주소
이 핏문 열어주소
동해용왕님 워어이
남해용왕님 워어이 워어이
서해용왕님 워어이 워어이 워어이
북해용왕님 워어이 워어이 워어이 워어이

쓰다듬으소서 이 핏문
출렁이소서 이 핏문

오, 김선일, 외로운 모든 이의 이름.

— 2004년 6월

사랑의 뿌리에 바치는 굿시

열어주소열어주소
이말문열어주소
남해용왕님북해용왕님
동해용왕님서해용왕님
워어이워어이 워어이워어이
쓰다듬으소서내말문
출렁이소서내말문

동쪽소나무가지칭칭
햇빛으로동여매었으니
내말문도햇빛으로동여매어따뜻이
열리게하소,
내핏문도출렁출렁
열리게하소.

이문돌아저문돌아
세상벽에가득한새시문돌아

흐르게하소
사해바다넘치게하소
볼펜들고여기기웃40년
볼펜들고저기기웃40년
아— 예 아— 예
종이긁히는소리
종이들,아파아파울부짖는소리
여기서청청저기서청청
어둠은사방에흙칠하는데
노을도사방에서달려오는데
포스트모던하게밥숟가락놓는소리들,포스트모던하게
밥상차리는소리들달려오는데

된장찌개끓는소리들,김치찌개끓는소리들
참리얼하구려,우아하구려
흐물거리는저생선가시
꾸그러든저김치조각

너털거리는그대의사투리그대의고함

아름답고아름답구려

비발디보다,바흐보다,말러보다,쇼스타코비치보다

저아름다움들,빛이구려

생선가시,빛이구려

된장간장빛의아들이구려

빛의딸,비단꿈이구려

꾸다만어젯밤꿈이구려

그리로가고싶어워어이워어이

널만나고싶어워어이워어이

거기그대피-쪽문있으리니

거기그대살-뒷문있으리니

아야아

열어주소열어주소

이말문열어주소
동해용왕님남해용왕님
서해용왕님북해용왕님
워어이워어이
쓰다듬으소서내말을
출렁거리소서내피를.

— 2004년 12월

아무도 읽을 수 없는 글자의 편지
나의 대학시절

그랬다, 거기엔 창살이 있었다, 그때 창살들의 손목은
아주 빛나는 황금색이었다, 지금도 기억한다, 그리로 우
리는 편지를 내보냈다, 아무도 읽을 수 없는 글자의 편지
를. 우리 뒤에선 햇빛 한자락이 놀고 있을 때가 많았다,
구름도 놀고 있었다, 우리는 손을 내밀기도 하였다, 지상
에서 가장 붉은 피톨 뛰어다니는 손을,

그랬다, 거기엔 계단도 있었다, 그 돌계단의 빛깔은 잿
빛, 흰……,
눈이 앉으면 희게 변하고, 빗방울이 앉으면 부드럽게
미끄러져 내리던 잿빛, 흰 돌계단, 우리는 빗방울을 열고
들어가곤 했다, 빗방울 속에는 방들이 많았다, 황금의
방, 초록의 방, 희망의 방, 문득 성공의 방, 우리는 모든
방들의 깃발들을 가지고 놀곤 하였다, 그 깃발들이 닳고
닳아 없어질 때까지. 흔적 없는 살일 때까지, 빗방울을
열고 나와 그것들을 창살에 걸치기도 하였다, 어느 궁전
의 카펫처럼 계단에 펴기도 했다, 아무도 볼 수 없는 꿈

의 헝겊으로,

　이제 가자, 거기로, 또 한 해가 걸어온다, 거기로 가자,
또 한 해를 거기 걸치자, 눈 속으로 걸어들어가자, 빗방
울 속으로 걸어들어가자, 아무도 읽을 수 없는 글자의 편
지들을 보내자, 누군가 읽을 거다, 우리의 편지, 만질 거
다, 우리의 손, 안을 거다, 우리의 심장, 우리의 뼈,

　아아아 새해, 우리는 언제나 새해를 기다린다,
　희망의 손은 부드러우니,
　모든 심장은 무수한 실핏줄의 길들로 덮여 있으니,
　보아라, 그 실핏줄들 모든 상처를 건너는 것을.

—『연세춘추』 신년시(2005년 1월)

모든 애인들, 날개 달린 애인들이여
성년의 날에

열어주소 열어주소

이 말문 열어주소

동해용왕님 워어이

남해용왕님 워어이 워어이

서해용왕님 워어이 워어이 워어이

북해용왕님 워어이 워어이 워어이 워어이

바람 칭칭 물 칭칭

하늘 칭칭 길 칭칭

동여매었으니

동여매었으니

네 말문도 오늘

햇빛으로 동여매어

따뜻이 열리게 하거라,

네 핏문도 훌훌훌훌 열리게 하거라.

오늘 너희 일어서는 날

일어서 날개 툭툭 터는 날
오늘
너희 날개 달리는 날
빛나는 빛나는 겨드랑이마다
이마마다 허리마다
어깨마다.

가슴에 해안 하나 품은
너희들
너희들은 모두 애인들이다.
이제 날기 시작하는 애인들이다.

배는 떠났다
세상의 닻은 모르는 곳의 바다를 향해
달리기 시작한다

저 소리를 들어라

모든 기슭들 사각사각 걸어오는 소리
지붕 끝에선 별들이 익어간다— 익어간다

이 세상 모든 애인들, 날개 달린 애인들이여
사랑들이여

아, 오늘은 성년의 날

바람 칭칭 물 칭칭
하늘 칭칭 길 칭칭
그 날개 펄럭이거라
햇빛으로 칭칭칭
동여— 동여— 매거라
익어가거라
이윽고 열리거라.

—『동아대학보』(2005년 5월)

평화의 밥을 위한 시

갈 데 없어 거기 앉았나이다
갈 데 없어 거기서 꿈꾸고
갈 데 없어 거기서 벌떡 일어나나이다
하루에도 몇번씩
벌떡 벌떡 버얼떡,

　　해는 밥을 위한다.

쓸쓸한 발길에 차여 다니는
빗방울 셋……, 넷……, 무한……

　　　　네 눈 호수 같아,
키 큰 아저씨 굵은 목소리 들려오는데
　　　　네 눈 출렁이는 산 같아,
목 긴 저 여인 높다란 노랫소리 들려오는데

　　　　그렇지만 이제 아,

헌데가 많은 내 입술, 휘감는 강물 가슴도 없어요,
내 심장 핥아대는 산마루 비단 바람도 없어요,

아, 내 호수 같은 눈 들여다보고 가는 이도 없어
아, 천리 밝히는 내 이 꽃불 가슴에 얹어 가는 이도 없어

우리 모두 어디로?

굳은살 뒤꿈치에 박힌 구름은

여기가 괜찮군, 괜찮아,
이리로 이리 이리

모래밭 가리키며 매일 중얼거리지

해는 발을 위한다아— 쉬어버린 저 희푸른 목소리,

갈 데 없어 여기 앉았나이다
긴 빗소리 건너, 햇빛 소리 건너
갈 데 없어, 여기서 꿈꾸고
갈 데 없어 여기서 때없이 일어나나이다

긴 햇빛 소리 건너
은전잎 짤랑대는 시간 소리 건너
벌떡 벌떡 버얼떡,

　해는 발을 위한다

나는 떠도나이다
풍선처럼 떠도나이다
버려진 지갑처럼 외로이
아,
낡은 신발 하나 신고

그렇게 이곳의 산야를
그렇게 이곳의 거리를

갈 곳 없어라, 내 이 평화의 발.

— 세계평화시인대회 낭송시(2005년 8월)

어떤 회의장에서
L.J.N.을 추모하며

당신은 보는가, 지금
L.J.N.
(그때 홍천에는
여름 바람이 불고 있었지.)

이 서늘한 회의장
분홍 리본을 등에 예쁘게 묶은 통통한 의자에
비스듬히 앉아 있는 나를.

저 키 큰 연단 위에 서서
빛나는, 아뜩한 조명을 받으며
대회선언을 하는
이제는 노인이 된 한 시인을.

구름에 걸터앉아서 지금
당신은 보는가.
(그때 홍천에는

여름 바람이 불고 있었지.)

모 문학평론가, 오늘 아침 내 가슴을 밀치며 신경질적
으로 말했다네.
시는 넘쳐난다고.
무엇 때문이었느냐고?
내가 그만 어제 감격에 겨워 금강산에서 '금강산 풀에
게 돌에게⋯⋯' 하며
징을 울렸고
그 징소리에 관한 시를 오늘 아침 썼기 때문이지.
자랑스레
바쁜 문학평론가인 '그'에게 읽어달라고 했기 때문이지.
그러나 그는 시가 넘친다, 고 말했다네.

그렇다. 이 시대에
정말 시는 넘쳐나는구나.
평화를 노래하는 시들이

전쟁처럼 도시에 넘쳐나는구나.

미국의 한 시인이 강연을 한다.
알아들었다는 표시로
미국 유학파 지식인들 후훗 웃는 소리가 들린다.

L.J.N. 저 소리가 들리는가.
저 후훗 숨죽이고 웃어대는 소리가.
크게는 못 웃고 숨죽이고 웃어대는 저 소리가.
     (그때 홍천에는
     여름 바람이 불고 있었지.)

오늘 아침 커피 한잔을 마시는데
육감적인 웨이트리스, 내가 어제 '금강산' 갔다 왔다고
했더니
 '소름이 돋는다'고 아양을 떨었다.
놀란 내가 "정말 소름이 돋아요?" 하고 물으니

"그럼요, 이렇게요, 이렇게, 좌악—"

그 여자는 온몸을 쓸어내리면서 소름이 돋는 흉내까지
냈다.

아주 섹슈얼하게 몸을 비틀었다.

"아아~아↗ 전율 말이지요?↗"

"네~에~에↘ 전율 말이에요.↘"

　　홍천에는

　　그때 여름 바람이 불고 있었지.

우리는 덜덜덜

아마도 시외버스를 타고 있었을 거야.

시외버스가 덜덜거리는 바람에

우린 서로 부딪혔어.

허벅지도 부딪혔고

허리도 부딪혔고

그곳 이름은 홍천

그래서 아마 당신이 나를 처음 껴안았을 거야.
부끄럽게 부끄럽게 껴안았을 거야
그리고 사랑했을 거야. 부끄럽게 부끄럽게

　　　(그때 홍천에는 여름 바람이 불고 있었다아―)

나는 운다.
깃발 흔들던 당신을 생각하며
동시통역 귀마개(이어폰)들을 꽂고
엄숙히 앉아 있는 시인들의 황금빛 귀를 보며 운다.

L. J. N.
당신의 부러진 안경테 위에 눈물이 흐르고,
어제 만났던 노르스름 뾰족한 북한군 병사의 얼굴 위
에 눈물이 흐른다.

그런데 미국의 시인이여
너는 자꾸 웃는구나.

미국은 인류에게 기술을 제공했다고 하며 기름진 웃음
을 웃는구나.

당신도 잘 아는 문학평론가, 항상 바쁜, 유능한 K교수

"시가 넘쳐나요. 낭송한 시들만으로도 넘친다구요. 잘
고쳐서 발표하세요~ㅈ"
비웃듯이 살짝 올라가 회의장 복도에 울리던 마지막
어구

그래, 시는 넘쳐난다. 우리 시대에 시인은 너무 많다.
시인들이 넘쳐나는 탓에 평화의 노래도 넘쳐나는구나.
전쟁의 반대가 평화가 아닐 수 있다고,

기아, 지구의 온난화, 질병……이라고
외치는 미국 시인이여.

옆에 앉은 여류시인 열심히 그 말 받아쓴다.

그렇다. 온난화!
온난화를 모든 시는 걱정해야 한다.
옳은 말이다. 올여름 너무 덥구나.
미사일만이 아니다, 온난화를.
아— 저 인류의 적, 온난화
그래서 그랬구나…… 그래서 가슴 뜨거운 시인들, 문
학연구가들 모두 생태시만을 썼구나, 연구했구나
어서 써라, 강은교 너도, 어서, 모던한 생태시를.
이 지구를 구해야지
펜이 얼마나 강한지 보여주어야지……

깃발 한 장 찢어져 누워 있던 당신의 장례식은 너무나

고요하였다.

봄바람만 당신의 어설피 만든 영정을 핥고 지나갔어.

  (그때 홍천에는

  여름 바람이 불고 있었지.)

무덤도 없었어

화장하였지. 한 시간 겨우 걸렸을까, 너무 마른 당신의
뼛가루

그래도 예쁜 단지에 담기던 당신의 뼛가루

봄바람이 핥고 지나가던 당신의 뼛가루

부산 가톨릭쎈터 앞길을 해방구라며 뛰어 건너던 당신
의 웃음이 그 뼛가루 속에서 출렁이는구나.

국제시장 상인들이 주었다며 하얀 러닝서츠를 흔들어
보이던 당신의 팔

이제 여기를 떠났겠구나, 훨훨 해방되었겠구나.

……다른 남자시인들은 모두 그 시절을 잘도 노래하던
데……

그동안 무얼 했는지, 부산에서도 못 살고, 서울에서도
못 살게 된 당신

나의 마음 밖으로도 쫓겨난 당신

그러나 시는 결코 잘 쓰는 것이 아니다.

시는 결코 아름답게 쓰는 것이 아니다.

시는 나무와 같이 자기도 모르는 새에 뿌리깊은 것이다.

시는 나무와 같이 자기도 모르는 새에 그 잎들 세상에
출렁이는 것이다.

군사분계선에서 만난 북한군 병사, 아주 명확하게 정
의를 내려주었지.

"직업이 시인이야요?"

"네, 시인이 직업이긴 하지만, 돈은 못 벌어요."

"그러면……?"

"잡원고도 쓰고, 대학에도 나가고 하면서 돈을 벌죠"
라고 희미하게 말하는 어떤 시인 앞에서,

'노동자'도 시를 쓸 수 있으며, '목수'도 시를 쓸 수 있
다고, 그러니 거짓말한 게 아니냐고, 그 시인 눈을 쏘아
보며 말한 북한군 병사.

아, 강은교(시인)여, 부끄러워하라.

그렇다. 시인은 이름 뒤의 괄호에 넣어지는 직업이 아
니다.

시인이 직업인 시인들이 많고 많은 세상에
시인이 결코 직업이 되지 못하였던 당신이여.

하지만 황량한 책상 위에선 언제나 오색무지개 날리고
있던 당신이여.
너울너울 오색무지개 넘고 넘던 당신이여.
당신의 머리카락에 부는 봄바람처럼.

우리의 대학 사진에 부는 여름 바람처럼.

시인인 당신이여, 시 몇편 남겨놓지 않고 가버린 시인
당신이여.

거기 구름 위에 앉아서 매일 열 권이나 넘는 내 시집들
을 질타하는 당신이여.

당신이 옳았다. 세상에 노래 몇, 마치 내던지듯 울리지
않은 당신의 가슴줄이 옳은 것이었다.

그때 홍천에는

여름 바람이 불고 있었지.

— 홍천을 지나 금강산 다녀오던 길에(2005년 8월)

별 하나 어둠에 업혀 있다가
새해를 맞는 소리

별 하나 어둠에 업혀 있다가
천리 겹겹 山 그림자 되어 헐떡이다가

아야아,

달려오네, 드넓은 어둠의 등에서 내려와.

■

해설

절망의 심연에서 솟아오르는 굿소리

김양헌

소음은 많아도 소리는 귀한 시대다. 봄나무에 물오르는 소리, 자갈밭에 달빛 내리는 소리, 벌개미취 꽃피는 소리, 버들피리 알 낳는 소리, 이제 이런 소리를 듣기는 거의 불가능해졌다. 자본이 지배하는 세계는 수많은 벽들을 만들어 소리를 왜곡하고 차단하였다. 자연스럽게 흘러나오는, 심연에서 공명하여 우러나오는 소리는 이제 들을 수가 없다. 그렇다고 우리가 사는 도시에 소리가 사라진 것은 물론 아니다. 오히려 가슴을 닫아걸며 "철컥거리는 소리가 마치 우레 소리"(「'쇳대박물관'을 나와」)처럼 크게 울린다. 너무나 많은 소리가 사방팔방에서 날아들어 귀가 멀 지경이다. 자동차 굉음과 컴퓨터 팬 소리, TV 음향과 냉온풍기 소음은 잠시도 쉬지 않고 고막을 울린다.

이렇게 소음에 중독된 귀는 고요를 견디지 못한다. 마음의 심연을 울리는 고요의 깊고 거대한 소리를, 온몸으로 파고드는 불가해한 우주의 파장을, 이런 귀로는 결코들을 수 없다. 듣지 못하니 인식할 수 없고, 인식하지 못하니 말할 수 없다. 말문이 닫혀 소통이 불가능한 사회는 짙은 어둠의 그림자로 뒤덮인다. 당신과 당신, 그대와 나사이에 벽들이 가로막고 "문들이 쾅쾅 닫"혀 "아무도 그대의 가슴녘까지 갈 수 없"(「그 마당의 나무에서 들리다」)다. 강은교 시인은 이런 절망부터 먼저 읽는다. 병든 귀들이, 세상의 무수한 '몸-귀'들이 앓는 소리를 시인의 귀는 듣는다. "이 무덤의 도시들, 그림자들"의 어둠, "어둠을 목도리처럼 감"(「나는 늘」)고 몸부림쳐야 했던 화자/시인의 비애가 작품의 밑바닥을 적신다.

절망과 비애, 허무와 고독은 강은교 시의 원동력. 퍼내도 퍼내도 남아 있는, 퍼내도 퍼내도 다시 고이는 어둠이 없었다면, 시라는 것이 시인에게 무슨 의미를 지녔겠는가. 시인은 절망을 정직하게 받아들이고 어둠의 깊이를 정확하게 인식하는 존재다. "절망은희망의속살"(「안녕, 여기는 무지개 마을」)이니, 속살의 냄새를 맡고 절망의 흐느낌을 들으며 아련한 희망의 좌표를 찾아 진실의 씨앗을 심는 존재가 진정한 시인일 터. 초기 시집들을 보면 알 수 있듯, 강은교 시인은 젊은 시절에 이미 절망의 심연에 들어서 있었다. "內衣도 벗고 / 마지막 살마저, 뼈마저 벗고"(「비리데기의 旅行 노래 五曲·캄캄한 밤」, 『허무집』, 70년대동인회 1971) 칼산지옥, 불산지옥, 독사지옥, 한빙지옥, ……팔만 사천 지옥 지나, 약수(弱水) 삼천리 건너 서천서역으로 떠나는 바리데기의 숙명처럼, 삶과 죽음을 가로지르는 비장한 기운이 시편 곳곳에 서려 있다.

그러나 그 어떤 절망과 어둠도 시의 영토에 들어선 이상 죽음을 위한 것은 아니다. 죽음을 예찬하는 시조차 삶을 그리워하는 역설의 의미망 안에 있다. 절망의 비통한 흐느낌은 살아 있음의 증거다. 퍼내도 퍼내도 남는 어둠의 신음소리 또한 삶의 증거. "산 것들은 서로 울음으로 화답하나니"(「얼른 그림자 위에」, 『시간은 주머니에 은빛 별 하나 넣고 다녔다』, 문학사상사 2002), 뼈마디 마디를 파고드는 비애는 "캄캄한 무덤"에서 오히려 "끝내 / 사랑하올 것들"(「風景祭 — 없는 무덤」, 『풀잎』, 민음사 1974)로 되살아난다. 이 미미한 사랑의 실오리를 붙들고 절망은 희망의 언덕으로 기어오른다. "희망은 절망의 희망인 것을. / 절망의 방에서 나간 희망의 어깻살은 / 한없이 통통하다는 것을"(「너를 사랑한다」), 강은교 시인은 일찌감치 허무의 심연에서 깨닫는다. 시인의 절망은 "어두울수록 더욱 빛나는 하얀 옥구슬"(「아직 태어나지 못한 아이의 편지 1」) 같은 희망을 잉태한다.

이런 깨달음 뒤에 강은교의 시는 존재의 소리 찾기, 병든 귀 고치기, 천지사방으로 몸귀 열기에 나선다. 『풀잎』에서도 "들리지 않는 귀는 언제나/들리는 귀가 되고 싶다"(「風景祭 — 西쪽 하늘」, 『풀잎』)고 노래한 적 있지만, 네번째 시집에 이르면 시집 제목을 『소리집』(창작과비평사 1982)이라 할 만큼 소리에 민감하게 반응하기 시작한다. 물론 이 소리는 인위의 소리가 아니라 자연의 소리, 우주의 소리, 일상에 찌든 귀로는 들리지 않는 성스러운 소리다. 온몸의 감각이란 감각은 모두 열어 몸귀로 듣는 소리다. 2002년에 펴낸 『시간은 주머니에 은빛 별 하나 넣고 다녔다』의 '시인의 말'에는 이런 소리들로 가득 차 있다. "비 다 마른 웅덩이의 소리, 비의 소리, 배의 소리, 연약한 것들의 잠 또는 꿈의 소리, (…) 사진들의 소리, 흐르는 강의 소리, 오래 달려온 엽서의 소리, 길의 소리, 나방의 소리, 도장들의 소리"처럼, 실제로 소리를 낼 수 있는 사물과 소리를 낼 수 없는 것, 생물과 무생물, 구상과 추상의 구별도 없이 소리는 도처에서 솟아나온다. 이런 것이 "대상·상황 속에 들어 있는 모든 진짜 소리"며, "시간

속에 들어 있는 모든 진짜 소리"이기 때문이다. 시인은
"그 은빛 소리알들을 꺼내기 위하여" 시를 쓴다. 일상의
귀로는 들을 수 없지만, 시의 귀에는 와자그르르 몰려 있
는 소리를 세상 사람들에게 들려주기 위해. 이번 시집에
실린 소리의 목록에도 이런 "진짜 소리", 존재의 시원에
서 울려오는 "은빛 소리알"로 가득 차 있다.

온 하늘에 쨍그랑거리는 소리들
별과 별들 오늘 밤
서로의 살을 튕기는 소리
—「그 마당의 나무에서 들리다」 부분

누가 오고 있네
그 소리 이 동네에서도 들리고, 저 동네에서도 들려
이 돌 갈피에서도 들리고, 저 뼈 갈피에서도 들려
—「진달래꽃 뺨」 부분

핏줄들에선 사르르륵 사르르륵 소리가 울리네
—「봄비 또는 옹이의 여행 노래」 부분

능연이 귀 기울이며 춤을 추네

새벽이 가는 소리와

주홍 산나리 오는 소리

안개 살살 마을을 핥는 소리를 들으며 춤을 추네

　　　　　　　　　　　　　　—「능연의 춤」부분

그 소리 해를 뜨게 하는 소리

그 소리 풀잎 일어서게 하는 소리

그 소리 모래 일어서게 하는 소리

그 소리 모든 꿈 나아가게 하는 소리

　　　　　　　　　　　　　　—「강물 앞에 선 능연」부분

　"산처럼 높고 강물처럼 긴 그 소리"(「강물 앞에 선 능연」)
는 세상의 온갖 상처와 절망을 치유해주는, "풀잎과 내
가 손을 잡"(「풀잎과 내가」)게 해주는, 시간을 거슬러 차이
꼽스키를 만나고 우륵을 되살려내는(「우륵」) 신비의 소리
다. 자연과 인간이 소통하게 하고, 몸과 마음의 통고를
어루만지며, 시공간을 자유로 넘나드는 소리의 힘. 이 힘
으로써 시인은 새로운 한 세계를 일으킨다. 물론 이 세계
는 인식과 감각을 버무려 세운 허구지만, 말로 지은 허구
의 집이라고 헛되이 스러지진 않는다. 나무아미타불 나
무아미타불을 거듭 외다보니 극락의 평정을 얻게 되듯

이, "모든 꿈 나아가게 하는 소리"(「강물 앞에 선 능연」)를 듣고 듣고 또 듣는 사이에 우리는 어느새 새로운 세계에 이르게 된다.

강은교 시의 소리는 현실에선 거의 듣기 어려운 것들이다. 별들이 서로 "살을 튕기는 소리"나 "새벽이 가는 소리"를 들어본 적 있는가? "안개 살살 마을을 핥는 소리"는 상상하기도 어렵다. 시인은 이 없는 세계를 있는 세계처럼 노래한다. 없는 허구를 있는 사실로 확정함으로써 그것의 실현을 꿈꾸는 방식. 이것은 의사주술(擬似呪術)의 전형적인 방법론이자 시가 원래부터 지니고 있는 주술성이다. 의사주술은 현실의 부정성을 전제로 한다. 현실이 어둠이 아니라 밝음으로 가득 차 있다면 비손이며 푸닥거리, 굿이란 게 필요할 리 없다. 그런 까닭에 절망, 억압, 죽음, 무덤, 폐허, 허무, 고독 같은 언어들이 시의 앞부분을 채우거나 배후에 깔린다. 이 부정성을 희망, 자유, 생명, 신생, 기쁨, 어울림 같은 긍정성으로 돌려놓는 형태가 의사주술의 구조다. '부정성→긍정성' '시련→극복' '죽음→재생'이라는 소박한 형식. 단순하기 때문에 오히려 강력한 힘을 담을 수 있다. "폐허"를 배경에 둘 때 "햇빛 소리" 더 쟁쟁해지고 "보라 제비꽃"(「햇빛 소리」, 『시간은 주머니에 은빛 별 하나 넣고 다녔다』)은 더욱 순

수한 빛을 띠게 마련이다.

주술은 실현 불가능한 일을 신성의 힘을 빌려 실현하려는 행위다. 이때 초월적인 힘은 주문(呪文), 곧 특정한 형식의 말에서 나온다. 허구를 사실로 믿도록 하려면 일상어와 다른 특별한 언어인 주문이 필수 요건. 주문이라고 해서 말 자체가 다른 것은 아니다. 말의 운용이 다를 뿐이다. 주문의 기본 형태는 빌기와 되풀이하기. 신에게 비는 말은 '있어야 할 세계'가 무엇인지 보여주는 원망형(願望型) 문장으로서 의사주술의 기능을 수행한다. 주술적 반복은 지극한 정성을 형식으로 변형한 것. 온몸의 세포 하나하나가 한마음으로 소리낼 때 반복은 저절로 생기게 마련이다. 간절한 염원이 한번 일어났다 금세 사라지는 법은 없지 않은가. 그러니 빌기와 되풀이하기는 한꺼번에 이루어진다. "이 빛 받으시오 / 이 빛 받으시오" 거듭거듭 비는 동안 "얽힌 길"(「감」)이 풀리면서 부당한 / 부정한 현실이 사라지고 새 삶의 길이 열리는 것이다.

그렇다고 주술이 곧바로 시가 되는 것은 아니다. 시인은 주술의 방법론을 변용한다. 시가 지닌 역설의 힘 때문에 원망형 어미는 자취를 숨길 때가 많다. 게다가 주술은 언어의 단순 반복을 활용하지만, 시는 다양한 변주에 더 주목한다. 이미저리와 의미망을 풍성하게 하고 현대인의 감각과 인식을 표현할 수 있는 틀이 아니면 현대시의 형식으로 부적합할 터. 그래서 강은교 시인은 여러가지 형태를 실험한다. 앞서 인용한 작품에서 볼 수 있는 것처럼, 비슷한 이미지를 지닌 시구들을 모아 겹쳐놓는 것이 가장 질박한 방법이다. 「강물 앞에 선 능연」에서 "해를 뜨게 하는 소리"와 "풀잎 일어서게 하는 소리" "모래 일어서게 하는 소리" "모든 꿈 나아가게 하는 소리"는 거의 같은 의미를 띠고 동일한 통사구조에 실려 희망의 이미지를 강화하고 있다. 긴 작품일수록, 해원굿 형식에 가까울수록 이런 형태가 많이 나타난다. 「아직 태어나지 못한 아이의 편지 2」의 경우엔,

우리 엄마는 왕비가 못 됐지
우리 엄마는 종
물을 가져오라면 물을 가져오고
배를 내밀라면 배를 내밀던 종
꿈은 사라져
신데렐라의 금빛 마차처럼
꿈은 사라져
어둠 잎들의 꿈은 사라져

라는, 첫 연의 앞부분이 바로 다음 연에서 유사하게 반복
되고, 마지막 연에서는 이 첫 연 전체가 그대로 반복된
다. 이쯤 되면 이 작품은 노랫가락이라고 하는 게 나을
성싶다. 기실 강은교 시인이 찾는 것은 특정한 소리에 관
한 시가 아니다. 시인은 시가 곧 노래이기를 꿈꾼다. 시
에서 진짜 소리(판소리나 잡가를 부를 경우 '소리 한자락 뽑는
다'고 하는데, 이때 '소리'가 강은교 시인의 "진짜 소리"에 가깝
다)는 시를 이루는 말의 숨결, 말길의 흐름이기 때문이다.
그래서 '심연 속에서 들려오는 노랫소리' 연작에는 소리 /
노래라는 말이나 관련 이미지가 없는 작품들이 대부분이
다. 작품 자체가 곧 노래며 소리인 까닭이다. 이런 점에
서 강은교 시인의 작업은 그림에서 노래로 나아가는 큰
틀 안에 있다고 할 수 있다. 『허무집』이 "날이 저문다 / 먼
곳에서 빈 뜰이 넘어진다"(「自轉 1」) 같은 이미지 중심의
진술에 집중하는 데 비해, 『소리집』부터는 리듬 중심의
노래로 기울고 있다. 이후에도 『등불 하나가 걸어오네』
(문학동네 1999)의 '너무 짧은 사랑 이미지' 연작처럼 이미
지를 표방하는 작품들이 없는 건 아니나, 리듬이 이미지
의 흐름을 보조하는 양식보다 이미지가 리듬을 따라가며
희망의 의미망을 형성하는 양식이 늘어나고 있다.

이에 따라 여러가지 변화가 일어난다. '소리' 연작은 문

어체를 버리고 말길 전체를 구어체로 바꾼다. 청자가 작
품 안에 직접 또는 간접으로 개입하여 독백조차도 대화
체 형식, '말걸기' 방식을 빌리는 경우가 많아졌다.

어서 가요, 어머니
이 햇빛 따라가요, 어머니
벌판의 풀들도 전부 일어서는데.
바라보면 동으로 동으로
힘주어 흔들리는데.
꽃이란 꽃에 다 물들고
바위란 바위에 다 물들고도
홍건히 남아 우리 얼굴 비추는
이 햇빛 따라가요.

— 「소리 1」(『소리집』) 부분

같이, "어머니"라는 청자가 문면에 나타나기도 하고, 「소
리 5」처럼 극의 형태를 띠기도 한다. 이런 양식은 그 자
체로 소통의 문을 열어두었다는 의미를 내포한다. 단절
과 절망의 양식은 화자/퍼소나가 1인칭 고백체로 진술
하거나 3인칭의 객관 묘사를 단독으로 수행하는 경우가
보통인데, 특정한 청자/대상이 있을 경우에는 청유형 또

는 원망형 어미를 사용하면서 말걸기나 마주 이야기하기 방식을 취하게 되어 자연스럽게 소통의 길이 열린다. 앞서 언급한 주술적 양식 또한 '신에게 말걸기'라는 특성을 내재하고 있으니 단절보다는 소통 쪽으로 문이 열려 있는 셈이다.

물론 이런 것들은 시의 육체가 자아내는 소리의 한 부분일 뿐이다. 시의 소리는 훨씬 더 복잡하게 상호 작용하는 전체 말길에서 형성된다. 말길은 동일 음보의 반복과 변이, 특정 어구가 되풀이되는 양상, 자모의 배열과 행의 길이, 의미와 이미지의 상관성 같은 여러가지 요소들이 복잡하게 뒤얽혀서 이루어진다. 이런 요소들을 포괄하면서 새로운 소리를 찾기 위해 강은교 시인은 이번 시집에서 굿에 귀를 기울이고 있다. 시인은 이미 황천무가의 바리데기를 되살린 바가 있는데, 이번에는 바리데기를 시의 주제로 끌어들인 것이 아니라 무가의 형식을 시의 '소리'로 실험하고 있다. 4부의 '굿시'와 3부 '심연에……' 연작이 그것인데, 「그 마당의 나무에서 들리다」(이전 시집이라면 '향가풍으로'라는 부제가 붙었을 것이다), 「빗방울 셋이」「초록 거미의 사랑」 같은 일련의 짧고 정제된 형식에 비해 상당히 풀어진 형태다. 그러면서도 음보나 어구의 반복으로 음악성을 강하게 발산한다.

150

"열어주소 열어주소/이 말문 열어주소/동해용왕님 워어이 워어이/남해용왕님 워어이 워어이"(「굿시·문 열어라, 온갖 차별이여」)처럼 굿시는 그야말로 노래로 시작한다. 노래에 악기가 따르지 않을 수 없다. 징이 울리고 장구소리 몰아치는데, 무당/시인은 "덩— 덩—/가야금에 맞춰 춤을"(「능연의 춤」) 춘다. 굿시를 만나면 시 바깥의 소리까지 함께 읽어야 한다. 글자만 따라가서는 굿시의 맛이 나지 않는다. 굿이 붙으면 시이면서 시가 아니기 때문이다. 온갖 소리들이 시 바깥에서 시 안으로 머리를 들이밀어 시의 거죽은 이미 반쯤 찢겨 있다. 언월도가 휘익 허공을 가르고 아흔아홉상쇠방울 요란한데 구경꾼들 한숨소리, 웃음소리 와자하게 터져나온다. 이 소리의 덩어리를 빼버리면, 몸귀를 열어 이 들리지 않는 소리를 듣지 못하면, 재미없고 뻣뻣한 3단짜리 기사 한 토막 읽는 것과 다를 바가 없다. 절망의 심연에서 솟아오르는 소리를 듣지 못하고 장구 깨진 무당처럼 맹맹한 마음으로 굿시를 바라보면, 삶과 죽음이 교차하는 장엄함을 앞에 두고도 청맹과니가 될 수밖에 없다. 정말 그러한가, 굿시 한 대목을 노래로 불러보자.

뒤돌아보며, 뒤돌아보며 가는 저 새

없는 날개, 지는 해의 눈빛에 계속 흔드는 저 새
아직도 지지 않는 희망, 피처럼 닦으며
흘깃흘깃 옆눈질로 날아가는 저 새

동굴처럼 외로웠구나, 너는
저기 버려진 낡은 지갑처럼 외로웠구나, 너는
언제나 닫힌 채로 있는 창문처럼 외로웠구나, 너는

열어주소 열어주소
이 말문 열어주소
동해용왕님 워어이
남해용왕님 워어이 워어이
서해용왕님 워어이 워어이 워어이
북해용왕님 워어이 워어이 워어이 워어이

(…)

쓰다듬으소서 이 핏문
출렁이소서 이 핏문

오, 김선일, 외로운 모든 이의 이름.

—「뒤돌아보며, 뒤돌아보며 가는 저 새에게」 부분

金楊憲 | 문학평론가

■

시인의 말

'어떤 분'에게 시집을 보내며

'무척 추운 날 아침, 어떤 작은 샘물은 얼지 않으려고 몸부림을 쳤다. 자기가 딱딱하게 얼어버리면 아침마다 자기한테로 물 마시러 오는 그 어떤 작은 새는 아마도 목이 말라 죽을 것이기 때문이었다. 작은 샘물은 찬바람이 가까이 오려고 하면 온몸을 날개처럼 흔들었다. 눈이 와도 그전처럼 가만히 등으로 받는 것이 아니라 두 팔을 휘저어 눈을 내몰았다…… 어느새 샘물은 그 작은 새를 너무 깊이 사랑하고 있었다……'

(저자의 시설詩說 『그 샘물이 얼지 않았던 이유』 중에서)

이런 시 한 편, 출렁여보고 싶습니다.

구덕산 기슭,
은포의 방에서

154

창비시선 259

초록 거미의 사랑

초판 1쇄 발행 / 2006년 2월 6일
초판 7쇄 발행 / 2022년 12월 8일

지은이 / 강은교
펴낸이 / 강일우
편집 / 김정혜 황혜숙 강영규 김현숙
미술·조판 / 정효진 신혜원
펴낸곳 / (주)창비
등록 / 1986년 8월 5일 제85호
주소 / 10881 경기도 파주시 회동길 184
전화 / 031-955-3333
팩시밀리 / 영업 031-955-3399 편집 031-955-3400
홈페이지 / www.changbi.com
전자우편 / lit@changbi.com